LE

PREMIER LIVRE

DE

L'ENFANT

PAR

V. CHOMEL, de Lille.

> Tâchons d'aplanir au jeune
> âge les difficultés des premières
> études.

PREMIÈRE PARTIE.

1° Voyelles et sons précédés d'une consonne.

A l'Élève

LE

PREMIER LIVRE

DE

L'ENFANT

PAR

V. CHOMEL, de Lille.

> Tâchons d'aplanir au jeune âge les difficultés des premières études.

PREMIÈRE PARTIE.

1° Voyelles et sons précédés d'une consonne.

A l'Elève _____

LE PREMIER LIVRE DE L'ENFANT

PREMIÈRE PARTIE

Voyelles et sous précédés d'une consonne.

No 1. — Tableau 1er.

p   r   t

a   é   i   o   u   e

p	pa	pé	pi	po	pu	pe
r	ra	ré	ri	ro	ru	re
t	ta	té	ti	to	tu	te

No 2. — Applications.

pi pe	pa pa	pa pe
pâ té	pâ te	tê te
rô ti	ti ré	ta pe
pa ri	pa ré	ri re

m l d

a i o u é e

m	ma	mi	mo	mu	mé	me
l	la	li	lo	lu	lé	le
d	da	di	do	du	dé	de

No 4. — Applications.

ma ri	lo to	do ré
mo rue	mê lé	mi di
mû re	po li	da me
ra me	tô le	ri dé

No 5. — Applications.

pa tu re	pe lu re	ma la de
pe ti te	tu li pe	mo dè le
pa ru re	ré pa ré	dé mê lé
mé ri té	pi lu le	ma da me

Nº 6. — Exercices.

v n s

a o u é i e

	a	o	u	é	i	e
v	va	vo	vu	vé	vi	ve
n	na	no	nu	né	ni	ne
s	sa	so	su	sé	si	se

Nº 7. — Applications.

la vé	dî né	sa lé	li mé
vi dé	pu ni	sa li	vo té
vo mi	lu ne	se mé	pa vé
rê vé	no te	si rop	ri vé

Nº 8. — Applications.

vé ri té	mi nu te	sa me di
dé vo ré	pa na de	sa la de
vi pè re	do mi no	sa va te
vo lu me	de vi né	sé vè re
dé vi dé	dé te nu	sa li ve

b f j

i o u a e é

b	bi	bo	bu	ba	be	bé
f	fi	fo	fu	fa	fe	fé
j	»	jo	ju	ja	je	jé

No 10. — Applications.

ro be	fê te	jo li	tu be
bê te	fi ni	je té	ra bot
bâ ti	fu mé	ju ré	fo lie
bê le	fa né	ju pe	Ju lie

No 11. — Applications.

bo bi ne	fa ri ne	ju ju be
sé bi le	fa vo ri	Jé rô me
la va bo	dé fi lé	ju bi lé

Ne ju re pas.
I mi te le mo dè le.

z　k　c　g

z	za	zé	zu	zi	zo
k	ka	ke	»	ki	ko
c	ca	»	cu	»	co
g	ga	»	gu	»	go

Nᵒ 13. — Applications.

zé ro	ké pi	ca ve	go bé
zo ne	ki lo	cu ve	gâ té
zé lé	ca fé	cu ré	ga re
Zo é	cô té	ca po*t*	fa go*t*

Nᵒ 14. — Applications.

ca ra fe	ca ba ne	lé gu me
ca rê me	Co ra lie	ga mi ne
ca ra co	ré cu ré	fi gu re
co lè re	ja co na*s*	ré ga lé

É vi te la co lè re.

h　x　ch　gn

ha	»	*hé*	*hi*	*ho*	*hu*
xa	xe	xé	xi	xo	xu
cha	che	ché	chi	cho	chu
gna	gne	gné	gni	gno	gnu

No 16. — Applications.

ha bit	ri che	chê ne	si gné
ha che	fi chu	chè re	ga gné
bo xé	ta ché	chû te	li gne
lu xe	ca ché	châ le	vi gne

No 17. — Applications.

ha bi té	*hé* ri té	ma chi ne
ho no ré	lu xu re	che mi née
ha ri cot	ma xi me	ca ni che
ha bi le	cha ri té	cho co lat

*H*o no re　ta　mè re.

1   U ne   pi pe   de   ta bac.

2   Di re   la   vé ri té.

3   La   pé da le   du   pi a no.

4   U ne   ro be   de   ga ze.

5   U ne   fè ve   de   ca fé.

6   U ne   ju pe   de   bu re.

7   Ne   ju re   pas.

8   Le   tê tu   se ra   pu ni.

9   É vi te   la   co lè re.

10   I mi te   le   mo dè le.

11   *Ho* no re   ta   mè re.

12   Le   cu ré   bé ni ra   l'é co le.

13   Ju lie   a   ta ché   sa   ro be.

14   Co ra lie   a   sa lu é   le   cu ré.

15   La   va ni té   se ra   pu nie.

16   Co ra lie   a   dé chi ré   sa   ro be.

17   Ca ro li ne   a   sa li   le   châ le   de   sa   mè re.

ou   an   in   on   oi
en   ain   om

	ou	an	in	on	oi
p	pou	pan	pin	pon	poi
m	man	min	mon	moi	mou
b	boi	bou	ban	bon	bin
t	tin	tou	ton	toi	tan
d	din	dou	doi	don	dan
f	fou	fan	fin	fon	foi
v	voi	vou	vin	von	van

Nº 21. — Applications.

UNE SYLLABE.

1	pou	pont	pan	pois	pain
2	mou	moue	main	mont	moi
3	boue	bout	banc	bain	bon
4	tout	toux	tan	temps	toit
5	doux	dent	dans	dain	doigt
6	fou	fin	faim	fond	foi fois
7	vous	van	vent	vin	voix

DEUX SYLLABES.

1 Pou le, pou pée, pan su
la pin, sapin, pé pin, ju pon
cou pon, pou pou, pou mon
poi re, poi lu, poi gnée

2 mou che, mou lé, ma man
man che, ga min, che min
de main, dé mon, moi tié

3 bou le, bou che, ru ban
Lu bin, bon té, boi te, boi re

Nº 23. — Phraséologie.

18 Une pe ti te bou che.

19 De la mie de pain.

20 Une boî te de bon bons.

21 Du pain bis.

22 Une poi re à pé pins.

23 Un banc de sa pin.

24 Un ju pon de bu re.

25 Une ban se de poi res.

26 Boi re u ne pin te de biè re.

27 Ma man a tu é son la pin.

DEUX SYLLABES.

4 **Ma tou, tou pie, tan te, tan tô*t* ma tin, sa tin, bâ ton, bou ton mou ton, toi le, pa toi*s***

5 **dou ze, dan se, bou din, bi don din don**

6 **fou lé, en fan*t*, fen du, en fin fon du, foi re**

7 **ven du, vi van*t*, sa van*t* ra vin, sa von, Sa voie, voi lé**

N° 25. — Phraséologie.

28 **La voû te de la ca ve.**

29 **U ne dent gâ tée.**

30 **Un sa bo*t* fen du.**

31 **U ne tan te sé vè re.**

32 **Du bou din sa lé.**

33 **U ne ro be de sa tin.**

34 **Un cou pon de toi le.**

35 **Un ru ban de co ton.**

36 **É tu die, tu se ra*s* sa van*t*.**

37 **Dou ze mois fon*t* un an.**

38 **Ton pè re a ton du un mou ton.**

TROIS SYLLABES.

ou **Am poule, bou che rie, é tou-**
    pe,   a ma dou,   fou lu re

an **di man che,   a man de,   den-**
    tu re,   fan fa re,   dé bi tan*t*

in **ga lo pin, ca le pin, ga gne-**
    pain,   im po li,   in ten dan*t*

on **ca ra fon, fon de rie, a mi don**
    ré pon se,   ré pon du

oi **a voi ne, mé moi re, dé boî té**
    em poi gné, toi tu re, voi tu re

N° 27. — Phraséologie.

39   **De   l'a mi don   cui*t*.**
40   **U ne   a man de   gâ tée.**
41   **U ne   ré pon se   im po lie.**
42   **Lé on   a   de   la   mé moi re.**
43   **Lou i*s*   a   ré pon du   po li men*t*.**
44   **Mon   pé re   a   la bou ré.**
45   **Le   ti mon   de   la   voi tu re.**
46   **Ma   mè re   va   le   sa me di   à   la**
      bou che rie.

	ou	an	in	on	oi
l	lou	lan	lin	lon	loi
n	nan	nin	non	noi	nou
r	ran	ron	rou	rin	roi
j	jon	jan	»	jou	joi
s	san	son	soi	sou	sin
c	cou	can	kin	con	coi
g	gan	goi	gain	gon	gou
ch	chou	chan	chon	choi	chin

No 29. — Applications.

MOTS D'UNE SYLLABE.

1	loup	lin	long	loi	lent
2	nous	nain	non	noix	
3	roue	roux	rang	rein	rond
4	roi	joue	Jean	jonc	joie
5	sou	sang	saint	son	soie
6	cou	coup	camp		
7	goût	gant	gain	gond	
8	chou	chant	champ	choix	

DEUX SYLLABES.

1 Ja loux, louve, lampe, malin
mou lin, pou lain, vi lain
ta lon, me lon, sa lon

2 ma nant, ve nin, ca non

3 rou pie, rou te, ram pe, rom-
pu, ram pant, ren du, se rin
ta rin, ma rin, lu ron, pa roi

4 bi jou, jou jou, jam be, jam-
bon, ga zon, Su zon

No 31. — Phraséologie.

47 U ne   rou te   pa vée.
48 Un   bas   de   soie.
49 Un   gant   dé chi ré.
50 Un   mou lin   à   vent.
51 U ne   jam be   de   bois.
52 Un   champ   d'a voi ne.
53 Un   jo li   mi nois.
54 U ne   lam pe   do rée.
55 Un   ru ban   de   soie.
56 U ne   fon de rie   de   ca nons.
57 Ne   sois   pas   ja loux.

DEUX SYLLABES.

5 Sou pe, sou pé, san té, pin son soi rée, soi gné

6 cou pé, con voi, nan kin

7 goû té, gou lu, gan se, gan té re gain, gou jon

8 mé chant, bou chon, chan son man chon, an chois

9 ro gnon, pi gnon, moi gnon

No 33. — Phraséologie.

58 Lé o nie a sa li son ju pon.

59 Un en fant mé chant.

60 Le bou chon de la ca ra fe.

61 Soi gue ta san té.

62 É vi tons le mé chant.

63 Ma mè re a cou pé le ga zon.

64 Lé on a chan té u ne chan son.

65 Soi gne ta den tu re.

66 Su zon a dé chi ré son gant.

67 Un man chon de pu tois.

68 Mon pè re a ven du son re gain.

69 Le loup vit dans les bois.

TROIS SYLLABES.

ou **Cou pu re, sou ta ne, sou du re**
    sou cou pe,   dé goû té

an **cam pa gne, can ti ne, vé té-**
    ran,   ou ra gan,   am bu lant

in **ma ro cain, ro ma rin, pè le-**
    rin, len de main

on **pan ta lon, ma ca ron, bû che-**
    ron, cham pi gnon, con fi tu re

oi **ma choi re,   é loi gné**

un **lun di, cha cun, a lun, dé funt**

N° 35. — Phraséologie.

70 **Un   vê te ment   é lé gant.**

71 **U ne   pom pe   fou lan te.**

72 **Un   pot   de   con fi tu re.**

73 **Un   pan ta lon   de   nan kin.**

74 **Le   bû che ron   cou pe   le   bois.**

75 **Ma ri a la ve ra   sa   ro be   de   ja co nas.**

76 **U ne   bê te   fa rou che   a   dé vo ré**
    ma   pou le   pen dant   la   nuit.

77 **Le   ri che   ha bi te   la   cam pa gne**
    pen dant   l'é té.

Lille, imp. de Six-Horemans

www.ingramcontent.com/pod-product-compliance
Lightning Source LLC
Chambersburg PA
CBHW070804200626
46811CB00023B/1932